U0634966

诗心旅程

THE JOURNEY OF THE POETIC HEART

丁文奎 ◎ 著

中国广播影视出版社

图书在版编目（CIP）数据

诗心旅程 / 丁文奎著 . -- 北京 ：中国广播影视出
版社，2019.4（2024.3重印）
  ISBN 978-7-5043-8279-5

  Ⅰ . ①诗… Ⅱ . ①丁… Ⅲ . ①诗词－作品集－中国－
当代 Ⅳ . ① I227

中国版本图书馆 CIP 数据核字 (2019) 第 038388 号

诗心旅程

丁文奎 ◎ 著

责任编辑　王丽丹
装帧设计　周延光
封面国画　郑发祥

出版发行　**中国广播影视出版社**
电　　话　010-86093580　　010-86083583
社　　址　北京市西城区真武庙二条 9 号
邮　　编　100045
网　　址　www.crtp.com.cn
微　　博　http://weibo.com/crtp
电子邮箱　crtp8@sina.com

经　　销　全国各地新华书店
印　　刷　三河市同力彩印有限公司

开　　本　720 毫米 ×1020 毫米　1/16
字　　数　200（千）字
印　　张　10
版　　次　2019 年 4 月第 1 版　2024 年 3 月第 2 次印刷

书　　号　ISBN 978-7-5043-8279-5
定　　价　38.00 元

（版权所有　翻印必究 · 印装有误　负责调换）

践悟诗书（代自序）

近年读诗写诗，生出诸多感悟，记下数则，以陈心迹，有的已发表。值此诗词集出版，现将其照录，代作序言。

（一）

古贤谓"腹有诗书"，后世慕循，尤倾唐宋。诗乃文学高地，其气象森森，或豪壮，宏远，丰盈，纤巧，工细。今人攀践并引为挚友，乃情寄雅趣，身归桃源，兼修身与修心。写练涂鸦，无论优拙，常驰思云天江流、山林古迹、人世乡风；须直陈胸臆，真率由衷，遣心志而去八股，上笔端而求新奇，拒一统而追万殊；观自然、社会、心灵、文字、格律等各类美态。远方有诗，媒体人行万里，广集见闻，主业后的沉淀，以余料兴怀，发闲诗，自娱且洗虑俗念，与知者助兴，不失为一优选之策。

（二）

"不学诗，无以言"。圣人此语，广泽天下，崛起一个诗的国度。锦心绣口、惊风雨泣鬼神之作如山海之富。诗贵读。弱冠诵记，虽懵懂辨之，却早植"思无邪"基因，奠增灵秀之根。成年熟读，观千器而识剑；

有志者浸润其间，云游沐濯，吸精髓，积妙句，练诗思，仿格调。掬源头活水，变雅儒清流，组诗章辞采。人生长途的种种际遇，以诗心度事，便心向光明、清朗、幽芳，凸显铮骨、洒脱、自信，笑对悲苦、磨难、失落，远离虚浮、龌龊、卑劣。如此，诗愈显其韧性生命力。

（三）

赏名家诗词，犹入仙阙。王国维所言"句秀""骨秀""神秀"，实乃三重境界。即须有丰赡隽永、文采溢扬之"句"，峥嵘苍劲、遒逸翩然之"骨"，意象深远、精魂夺人之"神"，其层层递进，相融相衬，"神"为最高。名家名作，均兼跨其中三者或二者，故成金玉之章。此殊绝地，自古为桃溪之景，聚慧人与芸众。阅读观览，则怡性情，增识见，去固陋。入门创作以此为标杆，方可向成功精进。

（四）

诗词想象力之丰，如腾翅高飞，"思载千里，意游八荒"。纳古今时空于须臾，摄万千气象在方寸。故文约意丰，臻于极致。其寄虚于实，寓凡于奇，托思于形。追忆，遥想，神游，梦幻，情思跳荡，上天入地。不循常理而妙合无间，赋生物以人性、星石以灵慧。可骑云驭风，手探日月；进帝乡，下海宫。描"愁"之深，有乱麻、江水、春草、烟雨、风絮等各形拟态；状音画美，调花木、河川、龙神、鬼怪观听感赞，且云可凝，山可碎。"举杯邀明月，对影成三人""相看两不厌，只有敬亭山"。月、山皆成诗人知己，其孤寂、傲岸、豪宕跃然，想象新奇，唯青莲居士俊逸骨风。

（五）

诗言志，即呈抱负、风操、形素。诗题广袤，从日月到靡草、家国至夜心，宏微重轻，千类万物，皆可入诗，无不须以"志"贯达。"志"，莫直白表发，应情志并重，以情、景托之，志内言外，含蓄彰显。如此则去浊碎轻浅，增品韵重厚，有余味回甘，可寄兴、怡颜，昭扬、弘传。闲适松放，无非耕渔、坐卧、林石，若笔下寓予情志，便开新境。陆游诗作近万，近七成闲适诗，盖因藏"志"，故有拔俗格趣，审美价值，思想意蕴。

（六）

"一切景语皆情语"，此为阐发情景相融最透之言。喜怒哀乐愁，寄于具象景物，乃为诗之本、佳创之基。如此便有譬喻、象征、双关等艺术情状，生发美感、哲理甚或警句。千象万物，载千情万绪。月蕴思念，雨添离愁，草表顽强。同是色彩，春红蓬勃，秋红成熟，冬红暖煦；同为气节，梅系坚魂，竹重高风，荷呈洁净。类推无穷，故有唐宋艳什。其携珠河文辞和秾挚、舒朗、细腻等诸情怀及醍醐灌顶魅力。高手如"东边日出西边雨，道是无晴却有晴"，不仅情景一体，且"晴""情"谐音，喻爱情妙不可言，令人击节。

作者
2018 年 12 月

目　录

诗心旅程

诗心旅程

诗心旅程

第二辑 绝 句

诗心旅程

诗心旅程

第三辑 古 风

诗心旅程

第四辑　词

第五辑　自由体诗

第一辑

七律

贺港珠澳大桥通车

九载辛艰刻汗青，一桥飞跃百年程。
长虹卧浪牵云汉，龙瑞腾波向赤萍。
众岛惊说新岛起，零丁叹誉跨零丁。
忆昔鸦片熏国破，今握莲花挽紫荆。

注：习近平总书记出席港珠澳大桥开通仪式并宣布大桥正式开通。该桥横跨零丁洋，是世界最长跨海大桥，创多项第一。赤萍，指太阳。莲花、紫荆，各为澳门、香港的区花。文天祥曾赋《过零丁洋》诗"辛苦遭逢起一经，干戈寥落四周星。山河破碎风飘絮，身世浮沉雨打萍。惶恐滩头说惶恐，零丁洋里叹零丁。人生自古谁无死，留取丹心照汗青。"

朱日和阅兵

大漠戎旌列阵前，铁流长剑亮新篇。
智能钢骨雄风起，啸虎翔鹰战手牵。
迷彩万军持浩气，统帅一令落心田。
攻伐立体纡筹策，威凛同心铸久安。

观 竹

虚心直绿漫天春，厚土须深绽玉根。

风动幽篁弥气馥，挺坚瘦体偃山群。

光皎月夜摇竹影，静谧中庭听絮声。

一片贞心谁辨识？独抒款曲觅知君。

题农家桃树

艳秾一树绽霞红，着意沐花是嫩风。

眸亮村姑嘘客暖，笑嫣浪蕊抹春浓。

根实无意择尊贱，蓁茂芳菲在岭中。

莫叹桃花来世短，谢花肥果竞枝丛。

荷花芳清

浓叶出波染碧翠，粉英百朵吐清辉。

红苞处女多羞赧，黄体青蜓逐艳飞。

十里荷芳清欲念，千团云气慕香随。

雨丝泼溅弹珠玉，鲜瓣娇滴沐似妃。

松树贵质

翠盖亭亭四季同，干枝繁浩状如龙。
万林败叶怯霜冷，百韧松针立冻风。
芳寿千年卓异质，更兼岁岁不枯丛。
护坡领衔蓬蒿应，河土安澜大美中。

梅花悦众朋

一开香馥冠玄冬，寄傲坚心待绿丛。
寒客独姿无寂寞，粉丝千万捧团红。
情君欲采酌花意，冷蕊还须悦众朋。
梅雪共迎春尽早，唤邀桃李伴熙风。

油菜花海

连片云薹溢地香，覆倾百亩遍金黄。
只挥春墨涂原野，无意浮华媚奉扬。
蝶舞蜂穿逢客喜，男红女绿摄田忙。
稼穑本色秋结籽，花海油河汇富昌。

北大未名湖畔

满湖净液连东海，宏富经纶储浪间。

学子凌渊常拜谒，大师面水尽思贤。

未名湖畔风云史，博雅塔前雨润鲜。

绿草幽涧经纬志，小桥石径蕴鸿篇。

武大老斋舍雅韵

华耀珞珈建筑雄，老斋雅舍韵如风。

飞檐斗拱依山势，琉绿天青衬碧空。

学子书斋声朗朗，栋梁胜地跃三重。

窗前秋叶随心抚，金灿情坡漫步中。

注：武汉大学老斋舍是仿布达拉宫琉璃瓦建筑，
全国重点文物保护单位，雄伟精美。

珞珈山未名潭

一池波碧纳秋芳，磨镜朝天岭映凉。
岸树色丰叠倒影，睡莲圆密缀青光。
枯荷已老衔精气，润水滴鲜育翠长。
潭景未名流韵在，珞珈山里卧龙藏。

武大枫园秋色

七彩层林最艳丛，疑如霞裞落山中。
红光烈烈青春志，绿瓦森森励事功。
枫树不争春日丽，丹心只向晚秋红。
犹嫌花嫩轻浮浅，叶抗霜寒色愈浓。

立冬村景

北风轻啸树渐荒，大地微残望冻霜。
瓦雀翻飞浑不晓，农人收种事冬忙。
墙边老妪接阳暖，屋里学童坐犬旁。
作业冬题文未畅，饺香肉味欲穿肠。

社区绿影

街巷楼丛鼎沸喧，一栖森绿匿池渊。
鱼红莲彩云波动，屿小清漪沫溅天。
木卉滕丝曲径覆，幽亭秋淑澹泊圈。
岁华晼晚轻足步，闹市宁居也赋闲。

游京西八大处

数座峰峦抱翠环，八尊古刹散半山。
释迦舍利驰名远，秘境林森掩雾颠。
诚畏神佛常驻想，媚趋绿韵喜遐观。
禅声静怡知秋木，叶落征鸿舞碧天。

许愿树下

枝叶一蓬重似山，万人吉愿寄柯干。
风摇绿影传私语，情系红条践诺言。
秋絮蒙蒙撩粉黛，爱痴悠永恐移迁。
合留双影百年好，千载根虬古树前。

秋 夜

飞镜高悬月色新，虫鸣草木夜清宁。

一袭郎气除惆怅，十缕秋思绕榭亭。

才构小文追趣旨，又涂诗韵载幽情。

老来华韶无功欲，岂有秋愁扰夜心。

幽芳北京植物园

郊园平野潋晴光，绮丽幽霞淌地芳。

千紫珠星叠静绿，万红浩漫竞橙黄。

倾城珍卉集云瑞，娴雅奇葩裹雾裳。

人面年年颜渐老，百花岁岁艳新香。

八达岭长城登望

龙驭群峰唤烈风，与山共舞势凌空。

磅礴律动楼关险，铁固蜿蜒堡垛雄。

御辱万军墙上血，护国千载史书功。

巍巍山海连嘉峪，登望豪云尽荡胸。

钓鱼台外银杏林

晴空蓝湛罩秋深，百树黄澄映日焜。
枝干背天抛落叶，片金满地散财声？
游人陶醉林丰美，路客留观画里人。
形色殊珍天赐赏，更兼杏果是真情。

北京潭柘寺悟想

西山名寺眺京都，帝撰扁额赐玉竹。
皇气不存诗咏在，佛陀渊邃景云出。
梵音穿殿浮慈气，曲水流觞乐酒图。
九龙百峰叠紫翠，名山僧占果无殊。

京郊古北口水镇风情

长城脚下俏江南，古镇风情昼暮瞻。
流水轻舟喧绿女，拱桥旧巷尽红男。
小烧酒酿穿街馥，坊染长棉挂百帆。
琼体周庄乌镇夜，端居溯漠却柔纤。

北京故宫势派

帝城紫禁踞中天，讫立煌煌数百年。
金顶层迭拔势派，殿庭壮阔炫威严。
后宫邃静亭阁美，历代争锋血染权。
史泯恩仇沧海粟，只遗瑰宝惠人间。

观《我在故宫修文物》

艺学满腹大墙红，冷凳终身事故宫。
国器精琢修旧损，宝图摹画复真容。
卓绝尽向平凡处，一技鲜为巨匠风。
万件琳琅陈碧殿，观屏始晓背后功。

恭王府寻踪

花园府邸尽丰豪，王气余踪物景召。
堂殿精微福字诺，幽林曲水洞桥摇。
万般红紫当国窃，不厌贪饕贵命消。
极盛岂知衰运近，宝宅无意永娇娆。

逛京城厂甸庙会

古色风馨漫巷街，适逢年庆聚欢谐。
珍玩灿艳夺凡目，笔墨横姿寓妙绝。
文脉筋骨三百载，大师遗韵万人接。
一河雅浪趋文众，犹似儒生赴殿阙。

北海公园池山

帝园宫苑向南开，未入池山景自来。
白塔映天琼岛丽，碧波荡桨荷莲裁。
九龙壁上腾云雨，画舫斋中仰古槐。
殿寺肃庄瞭紫禁，中南海水过桥台。

豪奢地宫十三陵

伏藏龙脉寿山中，拱护明堂旷绿丛。
帝势阴曹延圣运，寝陵阳世建奢宫。
王朝命体衰亡律，天子凡人陨谢同。
文武石人怀旧日，梦沉君侧度虚荣。

天津古文化街览萃

一街荟萃天津卫，半日浏观走马回。

滂沛文流沁巷陌，群星巨擘展曦晖。

琳琅老号齐垂彩，姹美非遗竟艳蕤。

游客瞿然兴未尽，市民豁朗语谐恢。

初识雄安

新区始建欲观瞻，早有心急访客团。

白纸一张施愿景，冀中三县筑雄安。

能源屋宇零污迹，冬雪秋霖储海绵。

大智忼惊刘姥姥，白洋淀上笑波连。

注：国家重点打造绿色、智慧、海绵城市雄安新区，笔者前去先睹为快，以慰猎奇之心。

野三坡百里峡

峡延百里遍风馨，着翠披奇赏客惊。

一线白瀑接大宇，十悬峭壁竟繁英。

华容道上三国事，落凤坡中演义听。

千景绝伦难细品，每留憾事在山亭。

注：百里峡曾作为《三国演义》的外景拍摄地。

哈尔滨冰雪大世界

琼殿偏从寒地起，银雕只为冻华楼。

城池七彩连灯饰，桥柱晶莹透冷幽。

玉帝惊疑宫阙倾，神仙巡看报无愁。

人间冰府天心动，御驾凡尘可畅游？

名画实景清明上河园

上河名画复原型，实景都城美汴京。

繁市熙街楼阙立，虹桥细浪木舟吟。

九流三教活北宋，百态千俗古世情。

夜景光灯飞异彩，择端惊悦羡园林。

注：北宋的张择端系《清明上河图》作者。开封的清明上河园游人如织。

殷墟甲骨文书法

龟甲字字寓桑沧，远古殷都继统长。

瘦体刚锋呈玉质，书法骨秀自清扬。

军凭女帅江山固，史刻残章烨赫藏。

刀笔墨风今又盛，三千癖字待耕荒。

注：甲骨文记载的第一位女帅妇好，曾率军打败20多个小国。迄今发现的4500多甲骨文单字中，3000个左右未获识别。

十万石佛坐龙门

一河伊水望龙门，十万石佛洞众生。
盛世宠光卢舍那，仪规布设九尊神。
能工凿刻金刚志，绚烂承袭历史魂。
遗恨窟室侵寇盗，祖佛眼下演欺诚。

注：卢舍那大佛按武则天形象塑造，是龙门石窟标志性景观。

蓬莱仙境

悠逸蓬阁似半空，登楼始沐玉堂风。
浮波犹见群仙貌，海市虚出采药工。
双海相拥声浩浩，一潮浪起影幢幢。
何时再请八仙会，各显神通惠鲁东。

注：双海，指渤海黄海交汇处。

泰山神姿

齐鲁精华立岱宗，神姿重厚天下雄。

诗文雅赞如烟海，帝室封禅古成风。

聚壑仁山松柏唱，涧谷智水靓幽葱。

志摩观日金霞颂，极目光明志荡胸。

注：为迎接印度大文豪泰戈尔访华，诗人徐志摩1924年创作《泰山日出》载于《小说月报》。"金霞""光明"系引自《泰山日出》。

崂山悟道

崂山初遇在聊斋，道院森森唤我来。

戒律清规孚众信，陶熔德性化真材。

顺成万事勤为径，逆败王生懈字栽。

寂寞无须观岱岳，无为清静本高怀。

注：《聊斋志异》中描写的王生是一个想学法又怕吃苦的人。

诗心旅程

孔庙逸风

庙宇魁峨位至骄，院庭九进肃风飘。

儒贤昂首尊千载，天子低头祭百朝。

孔教垂文波世界，道德圣轨看行高。

杏坛回响谆谆语，古柏苍颜叙熏陶。

拜杜甫草堂

此生遂愿拜草堂，圣地菁华蕴妍芳。

水木皆留工部影，茅屋浸透杜诗行。

秋风破舍愁黎庶，忧患入魂写大唐。

且喜城郭居子美，惠泽千古品华章。

注：杜甫诗《草堂》有"城郭喜我来"句。

千古都江堰

岷江出岭水高悬，蹂躏平原旱涝间。
神斧劈山渠堰巧，宝瓶吞浪暴龙绵。
经年灌沃成都富，双患割除蜀地安。
太守功泽千古赞，青城感佩秀崟岩。

注：青城山风景区距都江堰 10 余公里。

乐山大佛远眺

庄严巨像锁三龙，高比云肩号众风。
掬水施霖无量爱，承光普照尽包容。
莲身居岸传悲悯，天府物华看赡丰。
佛脚一只乘百客，游人虔敬自惭中。

注：四川乐山大佛濒临大渡河、青衣江和岷江
三江汇流处，故称"三龙"。大佛高 71 米，一只佛
脚上可站百余人。

峨眉山气象

二山耸峙秀峨眉，巴蜀精华孕翠微。

金顶虹光接大宇，铜佛意象洞欢悲。

雍容云海托三教，险陀绝崖举圣威。

璧日澄黄山寺满，频朝锦绣吐心扉。

观肇庆星湖卧佛像吞丹奇观

太阳西落化金丹，彻照无云赪满天。

佛纳苍天本大度，生吞白日在瞬间。

胸中山海量宽宏，肚里焰光丈万千。

世上难容多少事，悉入熔冶去前嫌。

注：广东肇庆七星岩由山岩组成的巨大卧佛，惟妙惟肖。丁酉年9月16日傍晚，夕阳缓入"卧佛"口中，"含丹"持续约3分钟。

胡杨傲漠荒

蓝天澄澈衬胡杨，金盖苍枝傲漠荒。

平浪卧金双影画，枯龙昂挺百年梁。

拦沙群树连州绿，蓄水深根护坳塘。

乔木英雄出苦砺，遥奔千里塔河长。

注：新疆塔里木河胡杨林是生命力坚韧的象征。

欢歌坎儿井

茫茫原野不见沟，却有千龙戏水游。

地下智渠横纵网，天山银粉化池流。

火焰山热蒸戈壁，清冷汁甘润绿洲。

纵使雨神玩泯没，愚公慧举去民忧。

注：坎儿井与万里长城、京杭大运河并称中国古
代三大工程。新疆吐鲁番坎儿井总数达1100多条，
全长约5000公里。

诗心旅程

吐鲁番火焰山

海平线下热西州，不慕天山冷玉流。

焦土赭红无寸草，褶梁炽焰漫深沟。

取经已过千重险，战火名留百变猴。

踏景寻仙兴未已，葡萄架下舞歌酬。

灵秀武夷山

云雾仙飘锁俊峦，天垂闽地武夷山。

溪流九转携滴翠，鹰嘴一啄化崭岩。

精舍堂前孵巨匠，隐屏峰下是摇篮。

理窟源自钟灵秀，活水清渠瀑布川。

注：宋代大儒朱熹一生71年，约有50年在武夷山学习、做学问，创立理学。本诗末句从朱熹诗"问渠哪得清如许，为有源头活水来"化用而来。

精微古浪屿

深蓝巨镜卧瑶盘，小岛精微质貌端。

百户琴声浸绿树，万国建筑汇红繁。

日光岩望基隆港，鼓浪石敲骇水间。

滩海萦回操练令，福松雕像忆台湾。

注：歌曲《鼓浪屿之波》有"登上日光岩眺望……
美丽的基隆港"之句。鼓浪屿有郑成功（又名福松）
雕像和他当年操练水师的遗址，郑收复台湾功盖千秋。

感恩节怀念家乡江汉平原

平原江汉儿时忆，缠梦思家百事由。

浩荡河湖拥万水，无涯沃野链千畴。

煮烹鱼米香天际，曾傲名牌灿若斗。

时运沧桑薄厚转，恩心永驻系乡愁。

注：20 世纪 80 年代，湖北沙市的诸多名牌产品
曾享誉全国。

诗心旅程

荆州怀古

踞守荆江扼要冲，千年穿越楚骨风。

城楼飞峙窥吴魏，垣翰维邦靠蜀中。

刘备借郡图霸业，云长镇守释精忠。

三国故趣凝松柏，濠水环城述骏雄。

注：吴魏：三国时吴国和魏国。垣翰：屏障或国家的重臣。借郡：借荆州。云长：关羽。松柏：荆州古城墙上苍松翠柏。

三峡大坝眺望

才赏荆州古朴音，溯江一日到夷陵。

峡通巴渝千峰俊，坝筑平湖万船行。

神女仙姿淘近水，巨龙服驯送光明。

泄洪沸荡冲天势，坛岭观览似酒醺。

注：据传说，三峡大坝左岸的坛子岭是一坛美酒幻化而成。

三峡画廊

醉观一路画廊长，摄录均朝艳景忙。

屈子高风沁体暖，昭君正气沐船香。

夔门感念劈山斧，白帝常思蜀汉皇。

岸上猴群齐致礼，诗仙顾我大名扬。

天堂洪湖

满舟欢语荡湖光，荷绿英红百里长。

澄水翔鱼穿密草，玉莲剥子慰馋郎。

洪波吟唱天堂曲，鸭雁惊飞岛景芳。

老酒湖鲜兼味富，忆说赤卫战旗扛。

注：自然美景与赤卫队故事，使洪湖名扬天下。
笔者曾荡舟湖面，荷香扑鼻，脑中叠现电影场面，遐
想无限。

民宅经典乔家院

四海播名誉晋商，端诚秉性不欺诳。
儒生票号行天下，大院乔宅立炜煌。
古雅栋橡呈错落，精雕砖木遍屋墙。
楹联争彩贤德颂，仰俯熏陶胜庙廊。

注：山西祁县乔家大院是商业资本家乔家第三代乔致庸的堂名，电影《大红灯笼高高挂》拍摄地。民间有"皇家有故宫，民宅看乔家"之说。

平遥古韵

明珠通邑落平遥，积厚千年万浪淘。
宏整墙垣披古韵，迭重屋宇涌地涛。
一城风物回清代，满巷人装在旧朝。
票号尘烟遮炳赫，财雄塑像忆银镖。

注：山西平遥古城的"日升昌"等是晚清中国金融中心，办汇款需周转大量银两。镖局为票号运送银子和票据护行，称"银镖"。

圣居五台山

天地空悠现五台，百重寺院淡云塞。

排排僧侣虔心唱，万座灵佛浩睿开。

黄庙谐和青庙处，人居幸在圣居怀。

凉石无意归东海，暑热消融是静斋。

注：传说五台山的清凉石系文殊菩萨向东海龙王所借。

云南石林绝胜

斧辟山岳变森丛，群剑苍茫竞利峰。

遥睹狰狞青面脸，近观和善笑迎恭。

石人各色来相友，岩兽千姿去悍凶。

服拜观音听咒语，遍摩游客尽欢惊。

注：云南石林有形似观音的观音石。

巍峨五指山

巨指齐出亿万年，纵观沧海动坤乾。

金石心固陈八际，绿手云穿探九天。

花木兰军击恶寇，琼崖纵队灭国奸。

苍山竞秀风烟后，白发英雄话盛年。

海南鹿回头情山

山巅媚眼最销魂，顷刻干戈化爱氛。

鹿女回眸夺婿恋，耕男逐命猎芳心。

佳缘一段传千里，情侣八方赴鹿城。

南海阔深如爱海，银河长远系贞恒。

注：海南三亚鹿回头公园，因流传一个海南黎族
美丽动人的爱情传说而建。

古风槟榔谷

历游琼岛不同风，林茂槟榔古韵浓。

船体茅屋置绿海，黎苗歌舞伴香红。

纹蛇女子身耄老，织锦灵思技愈工。

山水人心皆澈亮，修得长寿胜陶翁。

桂林独秀山

峰林水景似图轴，尊起一山秀桂州。

清迥独高削壁仞，领衔万壑共青悠。

藩王贪爱垣墙垒，霞客无缘峻岭游。

云泻紫金朝夕至，临风玉柱越千秋。

注：桂州，即桂林。当年被封藩的靖江王修建王府时，将独秀山圈入府内。徐霞客在此地，因地位较低不能入王府，因而未登独秀山。

诗心旅程

深圳红树林之恋

蜿蜒丛绿树名红，根在盐泥叶郁葱。

佑护鹏城飞九宇，遥观香港舞狮龙。

百云两地同悠阔，万鸟一程为越冬。

潇洒任由潮涨落，净污击浪勇搏风。

夏青杯赛之际感念夏青

金石声律刻时空，醇郁聆听万众同。

政论播吞日月气，唐诗颂溢盛唐风。

鸿儒敦重活词典，大智渊学后辈从。

绝景飞观齐壮翼，夏青杯里尽险峰。

赞著名播音艺术家铁城

电波声浪宇寰听，金嗓绕梁是铁城。

明亮圆浑纯正字，悠扬宽广厚敦音。

后学师慕聆嘉诲，群粉追跟拜盛名。

常有箴言多慧爱，博极精研是鸿生。

广播名家曹公

英华浩浩任驰奔，广电词章落彩纷。

大写浓情推重器，敏捷思锐善时评。

滔滔授课多金句，静静聆听享沐熏。

赤染近朱学子愿，珍瑰簇捧亦潜深。

注：曹公，即央广的曹仁义先生、首届范长江新闻奖获得者。

名画家郑发祥梅花画观感

神笔大匠运斤忙，满纸花魁涌暗香。

独立冬雪呈艳魄，也惜春韵入群芳。

翠晴鹃鹊鸣红朵，澄月银辉洗玉装，

两岸使驿情与共，画中梅圣世人藏。

香港游感

繁灯巨厦次第连，彩火维港映满天。

倒影双姿叠丽景，明珠涛动忆流年。

子归怀抱天伦应，母倾慈仁瑞梦圆。

痌气港独违义命，革疾除恶有英贤。

注：2018 年 7 月 1 日是香港回归 21 周年纪念日。
2015 年笔者到香港，夜观维多利亚港美景，亦在街头
遇港独分子游行示威，叫嚣声盈耳。

台北纪行（二首）

故宫

久慕台北有故宫，遥见绿瓦隐山中。

奇珍璀璨连城价，和璧孤悬海岸东。

大陆昔悲流国宝，紫城忧痛再难逢。

故宫相望双兄弟，毕竟两岸文脉同。

街景

适看台北舍宇重，忽闻呼客闽音浓。

曾识膳饮嚣氛味，犹沐福州巷陌风。

寺庙龙山香客众，沿街夜市喜联红。

海峡本是连根脉，岂让台独拒一中。

注：绿瓦，指台北故宫绿瓦顶；闽音，即福建口音。

元旦贺岁

悠远钟鸣旧岁存，鬓斑独抚跨年根。

萧疏冷地藏饶富，霰雪盈空蕴九春。

早放腊梅独木秀，齐谋新景万园芬。

时光欲驻节期美，天宇催发茬苒奔。

诗心旅程

戊戌年自撰楹联数字诗

倒贴福字又一春，二对楹联自撰文。
除旧三辰光灿跃，迎新四海浪欢忧。
五福共忆雄鸡唱，六顺齐发旺狗声。
书罢推窗七彩闪，八方灯景似天城。

贺微信群友𫟊牡丹花会

点点烟霞镀洛阳，牡丹秀韵笑春光。
群芳无妒质淳默，国色秾华品自强。
名旦帅哥一路进，诗情醉语百歌扬。
群员倾慕频击点，美照飞来带暗香。

樱花痴

花痴沉醉樱花梦，岁岁如约诉爱衷。
昔日青丝游樱海，今朝白发隐花丛。
娇羞朵朵相思泪，笑靥团团睇望同。
自况牛郎逢织女，何时连理卧英红？

中秋月思

娇脸盈盈傲宇空，美光艳艳照尘红。

清辉沐洗云波去，星汉横眸北斗恭。

万姓钦仰发远忆，嫦娥顾念赐遐通。

青莲素影倾情酒，流荡心扉四海同。

广播缘

儿时陶醉电波声，央广奇缘伴我行。

朝来信息千卉苑，暮进书海百帆林。

笔流万字文思练，尽录泥芳现场音。

常忆平生多少事，乐心皆在岗位生。

又到重阳节

秋凉覆地搅深黄，萧瑟盈天涌暗香。

白发又添高处览，菊花伴酒到重阳。

一生回首白驹过，千种陈思向地藏。

金季仿菊迟灿烂，夕阳映照绽晚芳。

教师节感恩

甘为智童添迅帆，恒帮愚幼扭冥顽。

春霖润弱声淅沥，光焰扶强共喜颜。

繁叶拥花红胜火，良师荐士举过肩。

群星闪映当回望，勋业追恩教授源。

双星陨落

天公肃穆雨纷纷，人世惜陨两巨星。

同铸广播焜耀际，共激业界奋蹄奔。

电波风雨延安路，红色基因央广魂。

欣笑声声盈户巷，满园桃李懋勋承。

注：2017年6月22日、23日，相声大师唐杰忠、
中央电台原台长杨兆麟两位名人告别仪式先后举行。

清明默思

清明祭奠到陵园，松草高坡永默然。

豪墓普坟三六等，相思遥寄二三言。

生前争奋存贫富，身后公平去贵权。

黄土一抔埋过往，唯有美善落人间。

北京拆违治乱

皇城胡同蕴文华，绝胜北国雅俊发。

污秽百端侵巷陌，乱纷千类布糟葩。

治城英略除遐障，涤柳东风吐彩华。

燕子筑巢归去乐，识得老院复烟霞。

注：北京"疏解整治促提升"行动加大拆违治乱，首都面貌焕然一新。

正必压邪

——《人民的名义》观后

一出大剧热神州，反腐风云美丑留。

恶胆政官残重地，欲邪虫蠹朽危楼。

涤污挥剑除凶蠹，荡气扬廉慕品优。

万众争观忧上喜，百官震悚惧而愁。

体验北京石林峡玻璃观景台

京东怪景乱人神，高挂山巅全透明。

三走两停移碎步，一趋一叫每惊心。

双脚似坠千尺涧，只手犹触万朵云。

百种刺激求胆怯，十味翻涌却欢欣。

诗心旅程

37

斑马线上

行人过路俱惊魂，接踵飞车莽撞奔。
老妪颤巍多困厄，黄车勇救解危情。
司机礼让阳关道，走路循章炜烨存。
斑马线中容止地，文明敦素雅操生。

城市街景

街衢流彩溢光华，千款时衣尽丽葩。
长裤凿穿呈肤细，短裙束股现纤滑。
明星绝美衫前印，少女如花艳丽发。
男众秋波向色媚，眼盯衫女景风佳。

掌中魔具

一枚魔具握心中，阅尽时局链万朋。
孺妇苍颜无固陋，地球村里具飞鸿。
微屏百类征逐闹，现场千姿散昊空。
绚丽美篇奇巧构，吸睛引爆点击风。

诗心旅程

访莫斯科红场

2016 年 8 月，游莫斯科红场和克里姆林宫。1941年声势浩大的红场阅兵，极大鼓舞了苏联军民抗击法西斯的士气。

敌军城外正嚣狂，红场阅兵锐势钢。
心脏一燃波全境，官兵立誓好儿郎。
铁流共愤驱凶寇，霹雳同仇灭戾狼。
重振山河多烈士，英雄气染赤宫墙。

注：赤宫墙，克里姆林宫墙为深红色。

托尔斯泰故居游

文豪世界隐书桌，伏案沉思创《复活》。
简朴屋居灵慧涌，浓情旅客拜服多。
典型识悟说安娜，名著追思话饰琢。
大师琴房曾奏曲，绕梁今日响心波。

注：列夫·托尔斯泰故居位于莫斯科。

诗心旅程

荡舟马六甲河

一条玉带系城廓，水打船帮叙语多。

两岸风情流异彩，数重屋景走斑驳。

河中夕照霞天满，岸上排灯人影绰。

历史碎光着浪泛，沧桑隐秘向人说。

注：马六甲河是马来西亚的一个小狭长海峡。

南京大屠杀死难者国家公祭日

屠戮六周血染城，惺红江水浪呼疼。

尸山骨海三十万，屈辱悲怆四亿人。

华夏今行强盛路，全民刻记耻国情。

警声凄厉钟山穆，花雨纷披泪洒心。

西方大国又发枪案

血溅赌城骇恨生，斜飞弹雨乱尸横。

人格魔障呈凶虐，派系逐争祸子民。

枪械股升商宦喜，戮殃频起妇孺疼。

流播屠器谋财帑，病入膏肓肇孽根。

第二辑

绝句

天安门广场升旗（二首）

恭颜正步走铿锵，红帜绿装护敬仰。
劲臂展旗掀律动，国歌荡魄奏轩昂。

其二

国旗灿艳醒神州，晨旭晖声唤地球。
星际乾坤旋日夜，东方紫瑞照城楼。

北京颐和园组诗（十一首）

昆明湖眺望

遥山塔影入园间，近水香阁倒岭巅。
万寿玉泉涵翠黛，三山犹忆抱五园。

十七孔桥金光穿洞

一座月湾玉带桥，十七洞孔灿黄包。
金穴储尽夕阳热，渐入深红火样烧。

长廊游

半园彩绘贯廊深，千载名流典故存。
丽景迷媚今古醉，客游唤下画中人。

佛香阁来风

驾鹤飞来落半山，独阁层峻矗云玄。
五园芳物晴观尽，八面金风沐御园。

注：佛香阁系仿武汉黄鹤楼所建。"五园"即静
明园、静宜园等五大皇家园林。

寻幽谐趣园

福地东隅又洞天，江南巧丽更舒颜。
平桥隐见庄惠辨，石水荷亭尽趣闲。

注：谐趣园内"知鱼桥"因庄子与惠施的"濠梁
之辩"而命名。

诗心旅程

石舫沉思

坚船重体喻王朝，华盖豪屋乐昼宵。
莫向磐石询载覆，固强朽厦是徒劳。

注：乾隆皇帝《咏石舫》诗有"载舟昔喻有深慎，磐石因思永奠安"句，用颐和园不沉的石舫寄望清朝统治永固，但载舟覆舟自有不可违的规律。

苏州街记忆

水波曳动江南景，店肆盈藏古色风。
一片苏州赠太后，纷华仍在忆乾隆。

注：颐和园内苏州街原名买卖街，是乾隆皇帝为皇太后钮祜氏祝寿所送的礼物。

昆明湖三岛

仙岛南湖赏月轮，三山北面望园春。
昆明池浅熏风暖，末世朝廷亦阅兵。

注："三岛"即南湖岛、藻鉴堂岛和治镜阁岛，
也称"三山"（各自名为蓬莱、方丈、瀛洲）。慈禧
太后曾于南湖岛检阅海军在昆明湖操演。

铜牛坚姿

瞩望坚姿越百年，遥思劲韧在千田。
灵犀织女隔河虑，情唤归心共手牵。

知春亭凭阑

亭榭先知水暖园，绿风初荡翘檐尖。
菁华绝美凭阑处，摄景流芳万万千。

诗心旅程

西堤翠韵

景明四季盎然出，仙带七珠蕙质殊。
柳舞荷风织翠韵，一堤皱浪两边湖。

注：七珠，指颐和园西堤上景明楼和界湖桥等六座桥。

珞珈三月风

樱花人面秀颜融，玉树盈山丽影幢。
流韵珞珈浸楚地，人花婀娜三月风。

秋霞红天

晨熙吐火半空红，秋树迎天赤焰冲。
莫叹华云颜命短，晚辉又现早霞风。

北京潭柘寺奇树（二首）

帝王树与帝后树

两株银杏恋王朝，摇变皇家帝后腰。
阴翳摩天煊赫势，皇权落地笑空高。

迎客松与指路松

两松谀媚旅人心，高仿绝伦状貌亲。
恭逊迎宾云涌客，殷勤指路雨中欣。

登狼牙山（二首）

狼山锯齿钳枭恶，虎士英侠阻寇仇。
五跳悬崖千古壮，宁为玉碎万芳流。

其二

松柏流瀑挂险峰，涧峡峭岫眺峥嵘。
秀山骨染英雄气，红色风飘绿景中。

白洋淀荷花园

湖漫桑拿浴地天，荷欢热浪笑群莲。
欲观绝美花丛处，汗雨淋漓最敬虔。

观旷世珍品（二首）

曾侯乙编钟

国宝繁赜洗厚尘，青铜大器奏沧声。
昔时美律王侯喜，越古飘今悦众人。

越王勾践剑

不锈千秋楚地藏，锋寒越剑百兵王。
犹说雪耻兵戈枕，常忆吞吴卧胆旁。

注：欣闻习近平主席与莫迪总理参观湖北省博物
馆镇馆之宝曾侯乙编钟和越王勾践剑。数年前，笔者
也曾有幸观此旷世珍品。

远观武汉大学老斋舍群

树海黄云抱翠群，琼楼玉殿九宵层。
天堂学境骄子苑，楚水浮出立厚坤。

故宫元宵灯会

一昼琼楼落雪尘，入宵紫禁万光灯。
千秋明月驱云霭，七彩连天不夜城。

诗心旅程

二江合流奇观

鸳鸯锅水抱江城，扬子郎君挽旧人。
黄绿交汇行日夜，人间世像有浊清。

注：时值戊戌年大暑后，雨季涨水，武汉长江汉江现"鸳鸯锅"奇景，一浊一清泾渭分明。

焦作云台山彩墨（二首）

紫云霞蔚罩山丛，白雾浮翔举黛峰。
走近方知七彩墨，尽涂树草水石中。

其二

深红峦壑锁清渊，碧翠林衣漫峻岩。
时有细瀑鸣险峙，澄蓝抬望镜天边。

福建土楼群景（二首）

飘落众星缀闽西，错杂圆子布棋局。

群楼对弈云观笑，棋谱稀珍入世遗。

其二

墙外风烟乱世纷，楼中和睦静围城。

幽幽古堡桃源界，德皓书香闭染熏。

注：福建闽西土楼的墙体在主流为冷兵器的时代可谓坚不可摧，护佑居民安全。

大漠青海湖（二首）

阔远平湖载玉盘，连天翡翠照空蓝。

欲朝巨宝盆心探，浩淼清波醒梦还。

其二

万羽鸟鸣击阔水，百支涧唱聚湖中。
尽收大漠冰霖物，不似江南小巧风。

黄果树瀑布二景

水泻珠玉

彩虹白练奏雷音，欢浪激湍万马奔。
天上银河慷慨气，捧珠泻玉亦扶贫。

注：黄果树瀑布所在的贵州镇宁系国家级贫困县。

千年水帘洞

瀑流五洞景殊绝，帘水千年似挂雪。
福地曾识天造化，原来大圣此修歇。

注：电视剧《西游记》曾在黄果树瀑布水帘洞取景。

阳朔丽影

轻山浮水丽无风，黛绿相间倒影重。
一点竹篙平镜碎，独筏裁色浪纹中。

桂林象鼻山遐想

饱食万载始长成，渴饮千年不动身。
长寿基因山水蕴，世间大象共图恩。

西子满湖诗（二首）

一湖景致满湖诗，四季风光各美时。
幸赖诗宗作杭吏，照着西子塑颜值。

注：唐宋时期，白居易、苏轼曾分别任杭州刺史
和杭州通判，并整修西湖。

其二

绿波俏戏秀湖亭，柔柳娇拂靓客心。
堤上六桥来阻步，全湖绝景细品茗。

千岛湖姿（二首）

仙姿千岛千裙绿，浩渺一湖细浪摇。
众女星集偎碧水，翠波勤吻眼媚抛。

其二

向湖掬水尝甘冽，登岛偷凉沐树丛。
频遇鸟鸣恩谢语，葱茏巢穴水鱼丰。

庐山二题

吞湖碧翠漫山峰，吐日霞红染宇空。
云雾围观双壮景，飘忽万态景千重。

其二

诗山词海颂匡庐，墨客文宗印履足。

圣迹寻踪心更切，太白苏轼梦中呼。

注：庐山含鄱口有数峰呈 U 型如张开的巨口吞
吸鄱阳湖水；含鄱岭最高处可观日出，称"含鄱吐日"。

前海新区天际线

华楼片片笋群出，丰沃南国照智烛。

喜见新城天际线，平吞旧地起雄图。

注：深圳前海自贸区将建成"特区中的特区"、
未来大珠三角的"曼哈顿"。

珠海渔女石雕

渔女擎珠靓海湾，仙曹赐宝驻安澜。
丽颜化作城池美，淳善潜蕴闹市间。

注："仙曹"即仙人的行列。

三亚天涯海角二题

巨海波潮卷涌天，奇石典故诺如山。
天涯不阻情丝远，海角难隔爱恋坚。

其二

战舰巡航走浪尖，三沙崛起稳坤乾。
抚石一柱欣然望，频向深蓝御霸权。

注：天涯海角有体现爱情传说的奇石和刻有"南
天一柱"的大石。御霸权，指抵御西方霸权。

清幽万泉河

妩媚关山挟绿水，端直椰树举白云。

竹筏片片流悠荡，点点红衣鼓浪清。

西藏高度（二首）

布达拉宫握手珠穆朗玛

嵯峨雄殿呼天应，赫势珠峰腑地眠。

并峙双高无可越，人间遍览赈饥寒。

注：布达拉宫系世界上海拔最高，集宫殿、城堡、寺院于一体的宏伟建筑。

布达拉宫三色迭影

黄白红色渐次升，宫映蓝天尽洗尘。

朝圣诚惶长叩拜，沐恩渺虑促心澄。

诗心旅程

青岛海岸景

大厦林丛若水出，小轮骄日向天浮。
金沙波涌掀人浪，凉夏还需海景舒。

长白山行（二首）

一路轻车唤快风，两边白桦闪森丛。
停歇坐爱林家宴，山味湖鱼入口浓。

其二

仙女居高显涩羞，天池浓雾漫身头。
真容未见多余憾，只待天公解客愁。

赞晓晖

金点层出笑语盈，陈规尽去广播新。
翩翩才俊溢聪睿，拂晓晖光奏正音。

注：王晓晖是央广原副台长，获韬奋奖。

赠友人德立

灵思捷敏似江潮，笔底生花妙语飘。
气场优足多义气，才德立世友朋佼。

注：陈德立先生曾任金融企业宣传部门负责人。

与著名特型演员王霙合影题记

轩昂君子立房中，环视犹飘领袖风。
酷扮伟人孚众愿，粉丝沓至看泽东。

注：王霙是毛泽东的饰演者。

与著名演员小锐合影题记

好汉荧频黑旋风，金刚怒目扫敌凶。
形神绝演名天下，台下原是和蔼公。

注：赵小锐先生在《水浒传》中演李逵。

家乡灾虐忧游子

炙烤北国豆汗滴，雨霖荆楚浪淹墟。

水乡灾虐忧游子，频问亲朋百事宜。

注：2017年6月中旬，北方多地高温，南方多省、市却暴雨成灾，有人员死亡。

京城雨天

京城赤日酷炎天，忽报滂沱洗垢铅。

暴雨未临云翳聚，微湿也喜霭心田。

注：丁酉年6月中旬酷热，预报有两日霈雨，其爽约，仅短时微雨。

丁酉年腊月立春数日寒潮

阳气深藏待地萌，冬寒不退恨天公。

春姑禁闭冤何诉？冰冻连天吼怒风。

北京无霾冬季

清朗澄天数月连，净纯空气九分甜。
京城霾去枯冬景，无雪洗尘也亮鲜。

注：得益于环境治理，丁酉年冬季并跨戊戌年春
节长假后，首都持续无霾天气。遗憾的是数月无雨雪。

京城春雪

半年旱象近春分，暖日忽蒙雪漫城。
朋友久违伸手握，琼芳瞬刻化泥魂。

春运摩托大军归（二首）

群阵摩骑似雁飞，漫天寒厉绕车追。
雪风不解思乡苦，故旧情肠万里归。

其二

一载收成贮见闻，半途驿站暖全程。
村家穷壤人情富，待叙节欢醉昏晨。

二月初二好景开

轻云幻变龙抬首，万象萌苏好景开。
冰去鱼回塘水皱，柳桃新蕊绿红来。

京郊培训（二首）

课间游

春山雨后翠峦层，新卉楼前粉树身。
课罢闲息踏草径，蛙鸣水淀六七声。

晨步

静寂空山远噪喧，清醇晨气入鼻甜。

沿坡疾缓趋轻步，曦日绵绵近水潺。

南通行二题

长寿之乡

霏雨频敲拜谒心，南通妪叟聚高龄。

长寿乡尊长寿道，群英论道惠蚩民。

会上所闻

旧日少食见饿身，今常啖肉在昏晨。

猪豕厚脂尤欢喜，脑卒三高更蚀村。

注：南通的会议上公布调查，中国农村脑卒中患者比例超城市，盖因其食猪肉过多。

小住泰州

泰州祥泰感身同，待客如宾语吴侬。
王艮乐学千古颂，大师儒训化民风。

注：泰州人王艮是明代哲学家，创立传承阳明心学的泰州学派。泰州又名凤凰城。

贺泰州国际医博会

小城经略全球会，万商云聚亚美非。
栽满梧桐引瑞鸟，凤凰城里凤凰追。

"三友"相聚情（三首）

学友

同窗相晤忆学室，母校青葱回梦痴。
岁月飞梭花有季，独存情愫在心池。

乡友

同乡小聚系醇源，樽酒相逢欲醉欢。

海阔天空无谨敛，驰思神侃最怡然。

亲友

月朗天涯明万里，瞬时晤面启灵犀。

沧桑不变儿时义，对坐无言也暗惜。

蓝空飞越（二首）

仙景

奋越蓝空万里遥，思接昊日百忧消。

鹏游银浪脱尘世，道境仙山闭目瞧。

机仓内

靥笑盈盈问语频，优服靓丽美食新。

悦飞一路觉时短，触地挛萌顾念情。

高铁长龙

平地长龙似弹飞，居间端坐稳如龟。
射山穿岭消荒寂，跨省连城送粲辉。

云南冰花男孩获助（二首）

头露冰天顶雾凇，身吹寒凛少棉绒。
冻疮赤手跋山路，到校学童变网红。

其二

雪地霜叠冷愈深，苦村温降露穷根。
冰花童照刷屏后，大爱融冬似暖春。

街头秽"景"（二首）

大路朝天行者密，道边排泄尿声急。
厕房近处嫌繁琐，返祖学玩动物愚？

其二

美街净路景怡人，一口粘液落地声。
浊恶黄污播病菌，无羞吐者坦然行。

餐馆不洁场景（二首）

大盆肴馔露天置，对客答疑唯恐迟。
飞溅唾星悄入菜，笑谈自若似无知。

其二

端盘烹饪唠闲呱，口罩无踪似自家。
脏指油光攫冷菜，浊污塑袋套熟鸭。

风扫秋叶

白日南移昼已迟，枯风吹尽叶中汁。
飞黄落满沟坡道，两片追香吻女饰。

小区即景

一夜风嚎冷骤临，晨阳懒照暖无升。
着衣宠狗翩然看，废品拾掇褴褛人。

京城天宁寺

佛塔一尊溯密宗，帝皇数代沐恩宠。
修诚入寺千铃应，三叩莲台众念同。

观贪嘴鱼吃荷花图

白莲俏雅水波平，岸柳垂娇夏末青。
鱼影遽然出水跃，浪涟无奈看香英。

今日狐仙

珞珈精气育狐仙，幽影聪谋寄甸园。
灵耳常听学子课，聊斋别后更神贤。

注：在武汉大学珞珈山，先后有黄白两只小狐狸驻留多日，出入林间、教室，与猫狗嬉戏，甚是有趣，堪称奇事。

戊戌年清明前一日降雪

霰雪欺春造冷氛，清明未至已悲魂。
雪停霏雾察园岭，只待亲族祭祖文。

广场舞

夕阳远眺银发舞，众姥摇肢婉艳出。
枯木逢春心体健，灵拙共扭壮身骨。

诗心旅程

京城社稷坛随想

五色坛边祭谷神，八方社稷唤丰登。

农收岂靠天包揽，今有隆平保厚坤。

注：位于北京中山公园的社稷坛是明清皇帝祭祀
土地神、五谷神之处。隆平，指水稻专家袁隆平。

龙脊梯田在云边

谷岭层叠两万旋，抬头稻浪在云边。

绿黄紫褐春秋变，直挂天梯与地连。

注：广西龙脊梯田如练似带，犹天梯直上云端，
壮美异常。

诗心旅程

新加坡略记（二首）

鱼尾狮

鱼尾雄狮缀体融，化为神兽镇江龙。
凌空吐水播祥瑞，小岛强国四季丰。

金沙娱乐城空中花园

高空悬巨舰，三塔柱其颠。
疑似腾天起，将飞宇宙间。

韩国首尔印象（二首）

大汉门前演古风，卫兵换岗典仪隆。
饰服逸态庄严貌，鼓乐沉雄冗礼工。

其二

坛庙多尊祭孔声，王宫五座汉族城。
游览恍似神州景，渊薮中韩同种人。

西方遭自杀式恐袭（二首）

人山突炸血沟流，绅士王国被辱羞。
冤死平民积痛愤，无端悸慑久时忧。

其二

教派纷争百世仇，全球惨戮复春秋。
深鸿异见欲消弭，和而不同可作舟。

第三辑

古风

大美诗景　群英吟诵

——观《中国诗词大会》（第二季）

农历鸡年伊始，央视《中国诗词大会》（第二季）播出。其诗情荡漾，展民族瑰宝；大美意境，塑人心智、精魂，祛社会躁气。观之心悸神摇。特以笔抒怀，略表仰望诗词星空、大师圣贤之心迹。

千古诗词入荧屏，万众和鸣中华韵。

博学浩浩遇敏才，达人翩翩会群英。

静如幽兰气若闲，动似脱兔举世惊。

妙语连发决睿智，金句叠出夺视听。

唇齿微启凝眸间，胸中储有百万兵。

诗情豪气接今古，熏风雅韵醉酩酊。

多彩华章映日月，吟诵不为博盛名。

文化清流润泽处，不尽新风与美景。

篇篇美韵在唐诗

唐朝繁盛数百年，诗赋遗珠五万件。

大师林立堪绝后，高峰耸峙亦空前。

清人赵翼性疏狂，妄断失鲜李杜间。

多少俊才圆赋梦，向唐遥拜三百篇。

诗山砣砺潜心志，经典入魂默无言。

践悟凡生观世事，文心人境远尘喧。

从枣园到梁家河

仲春时节，往返延安枣园和梁家河，一路峁梁染霞，黄土披绿，群山伟岸。此记两地观感。

韶光艳艳沐延安，宝塔巍巍入皓天。

熙攘游人寻圣迹，红歌盈耳颂摇蓝。

土窑陋境聚雄俊，剑胆琴心挽巨澜。

一转乾坤民亦贵，抚观遗址思无边。

枣园惜别向延川，千壑百梁牖外闪。

乡亲共忆梁家河，知青拔萃一少年。

肯将壮志付穷壤，初显雄才斩苦寒。

磨难自古锻英贤，今日掌舵中国舰。

贺一带一路高峰论坛开幕

春色京城映日晖，繁花流彩携翠霏。

五洲巨擘襄大计，四海宾朋赴盛会。

半个地球双路跃，海陆丝带共飘飞。

路通心通连友谊，领航千帆竞跃追。

高铁似闻驼铃声，郑和身影巨轮随。

共建共享烁今古，犹见张骞喜欲醉。

注："一带一路"国际合作高峰论坛2017年5月14日在北京举行，盛况空前。

端午寄语

端午千年入众魂，离骚万古照诗灯。

忠臣节祭唯屈子，从政贤德踞首尊。

浩水竞舟洗大冤，山川厚地沭诗魂。

粽香浓溢人间爱，汨罗泪感天上君。

历代官风分醉醒，从来宦海有污纯。

幽兰荷净遗今世，祛恶播扬美善真。

诗心旅程

述咏秦始皇兵马俑

始皇嗜战统阴阳，万马千军早覆藏。
地下谋兵延帝位，天无护驾笑国殇。
生前妄炼长生药，逝后魂迷墓俑帮。
将令三军忠社稷，同朝万载卫秦强。
如虹气势钢刀阵，赫赫声威铁血场。
陶像无关衰盛事，兴亡规律莫能诳。
唯留绝艺惊当世，兵俑神奇制秀良。
越穿历史尘烟厚，浩灿文明溯久长。

武大樱花赞

珞珈丽质本天成，七彩织装更俏纷。
天宇灵杰眷此地，又着樱雨秀山春。
漫云霞射交响起，粉朵银颠舞浪声。
闻醉游人香凝脂，晶莹更羡碧澄心。
樱花正盛悄然落，洁圣不长命愈真。
燃尽芳华悲悯叹，已留灿烂在凡尘。

查干湖冬韵

地伏万物惧严冬，天挂薄云裹冽风。

湖面冰莹三九厚，渔人清梦又一逢。

长空哈达飘白素，织入雪魂更洁忠。

汉子豪情掀百丈，和融烈酒郁香浓。

祭湖醒网经词韵，齐拜苍穹鼓乐隆。

千载回声远古来，鱼儿千代子孙同。

把头精算凿冰眼，巨网抻延潜水龙。

万尾鲜鱼出玉洞，彩头天价竞身红。

敖包侧畔垒鱼山，欢舞琴音唱年丰。

生物奉赠生命曲，恩泽圣浪蕴新宠。

记者蹲点采访颂

记者赴贫村，蹲点践三同。

夜宿陋室寒，日偿农活重。

山厚交通阻，地薄连根穷。

憔悴身影多，寂寥眼迷蒙。

更睹春风暖，林霏野芳彤。

静村水潺湲，原生醇民风。

干群连心志，脱贫不落空。

产业开新境，春江载艨艟。

奇货树上摘，药茶篱边种。

加工值倍增，电商觅去踪。

土鸡小银行，黑猪林中拱。

乡俗胜市井，游客江潮涌。

看罢猪快跑，摸鱼到水中。

山肴野蔌味，草屋阴翳浓。

南隅起新村，北坡果香红。

朝霞东边丽，夕阳西天雄。

月明不思归，丹丘不易逢。

记者真情染，捧得泥香浓。

鲜活故事多，鸿笔详记中。

莫捉浅水虾，深潭擒蛟龙。

注：艨艟，即大船。丹丘：神仙居处，喻仙境。
擒蛟龙：喻深入采访写出好报道。

新闻胜景感怀（二首）

　　本人自入央广，感悟国家电台熔炉及其洞晓时事、日新时新、包容吐纳、文风骏爽、播音宏美、员工敬业。置其中，得近观其身貌性灵，风采气质。众人受其养分和遒劲之风助推，事业或夷坦通途，或入幽径豁然之地，或合愿景或露生机。

（一）

自从珞珈赴京城，却喜咫尺有国声。

笔尖追梦痴与笃，传媒高地多胜景。

信息江海任驰骋，琼珠英华落缤纷。

微言宏论盈风骨，群贤睿智筹谋深。

第一时效入宇空，天云顾盼又循声。

人间万事皆快报，嫦娥倾听惊北辰。

日行八万地球村，天帝星辰仿村民。

或躺或行逍遥听，不派信使已洞明。

诗心旅程

（二）

电波频传真善美，时鲜不容虚谬存。

更有藜刺加剑戟，铲蠹禅恶助包拯。

前瞻妙识生百虑，须学总理思路明。

三教九流频交友，攀岩追风在征程。

捃拾千家枝根叶，十八兵器凭跃腾。

潮涌涛声竞新丽，山峙潭静水自淳。

嵯峨峰高碧霄俊，登临凭栏享无垠。

央广涯路其修远，共驱旗舰逐浪奔。

丁酉年京城腊八

银粟四方浓，京城断雪踪。

寒吹施冻九，腊日舍粥棚。

云骥频失信，人间不减恭。

粥香飘过后，还盼玉龙锋。

注：至丁酉年腊八节，北京数月无雪雨。当天云居寺、雍和宫等举行腊八舍粥活动。银粟、玉龙，均指雪天。云骥，传说中行雨的龙。

湖南新邵新青年

青年大志馈家乡，模式犇牛惠邵阳。
莫叹贫根深百尺，却欣富木茂千丈。
养殖产业龙头劲，华物拙肥露馨芳。
农户喜乘东风便，穷愁吹散见艳阳。

注：深圳市犇牛公司董事长张佼佼创业成功后，
在家乡湖南新邵县坪上镇岱水村组建新邵犇牛生态养
殖专业合作社，打造"移动互联网＋全产业链养殖＋
精准扶贫"新模式，让诸多村民脱贫，获各方赞许。

同窗荣恩由湘回鲁

荣恩九月性情中，一路潇湘诗赋丰。
归来京剧满堂彩，白发同龄羡唱功。
遥忆珞珈同窗时，一声金嗓已走红。

注：武大学生时代王荣恩班长爱好京剧，退休后
在当地京剧竞赛中曾获奖。

羊城灿星光

南粤红玫思怒放，赤姑电影欲启航。
王霓卢奇牵永才，锐箭玉清八俊郎。
媛燕昕晴尧礼聚，群英共舞贺微康。
稼祥仲丽应笑慰，遥见羊城灿星光。

注：电影《赤姑》筹拍仪式启动，诗中3至5句均指出席仪式的文艺界人士和著名企业家张永才先生，第7句指王稼祥及其夫人朱仲丽。

七夕人间情侣

（数字诗）

七夕秋气怡然时，六神纷乱情如织。
鲜卉五彩伴吻笑，凝睇四目转泪湿。
三番窃听牛郎语，二人遥见织女痴。
愿做一对信天翁，相伴天涯遂心志。

动物组诗（之一）十二首

闲暇时观自然与动物片，心若离尘嚣而入静世。动物的天性和绝技常令人击节。

空霸雄鹰

瞳仁晶透聚凶光，万米巡梭世无双。
出入云端任仰俯，啼鸟无声胆寒藏。
锁定空地遁飞物，风掠尘惊撵恐惶。
刀爪轻舒生灵搦，一抹霸气凌空扬。

绅士长颈鹿

庞然一尊矗林中，小头直探树稍丛。
怡然慢嚼听天语，长颈修肢绅士风。
偃武温善喜静处，体大不争霸王锋。
凭高放眼沧桑阅，冀以仁兽求大同。

狮子王

金体威凛貌堂堂，向天一吼百兽慌。
悄隐林草萍踪杳，猛跃岗坡迅似光。
风卷残云无敌手，雄厉贵俊当为王。
地球幸赖此祥物，勇武阳刚继世长。

猎豹速度

纤腰翩眇体轻盈，速度绝杀搏命拼。
眨眼流星超众兽，已留豹纹百米径。
羚羊奔窜勿忧狮，豹爪赫然瞬间影。
羡煞人间短跑王，全程三秒梦入心。

注：猎豹奔跑百米仅需 3.3 秒。

灵猴

轻灵身段树稍追，腾跃攀枝健腿飞。
开罐剥蕉敲硬果，直行背手扮金贵。
挠身逗笑红臀露，谐趣千般百味归。
群猴常梦孙大圣，称王时代几时回？

小海龟

温阳滩岸沐恩孵，千百生灵破壳出。

弱影密集奔海去，命悬一线无懦夫。

啄食群鸟如探囊，钳咬沙蟹似鬼符。

既痛夭殇多幼子，亦欣老作寿长物。

注：《世界吉尼斯纪录大全》载，海龟寿命最长达152年，是动物中当之无愧的老寿星。

国宝熊猫

浑圆溜胖倚绿竹，似慵似懒移方步。

萌憨耍闹呈娇态，仰面剥竿忙爪足。

和顺天真柔弱质，何征八百万年路？

天功造化珍稀物，独降中华赐祉福。

鬣狗

卑技残行荡臭名，群帮猥琐聚幽灵。
劫夺猎物伤狮仔，撕裂活牛啖血腥。
食腐舔污息疫害，千禽万兽获祥宁。
与人交逢释友意，善恶双面乃天性。

救子鸟

冰雹狂泄起怒潮，石雨直扑露天鸟。
一簇黄云张伞翼，奋身慈母覆穴巢。
殒命救拔雏儿安，鸣声娇弱透哀嚎。
母爱至伟苍天悯，怅然人悲把泪抛。

大象雄风

群行荒漠中，地颤抖雄风。
移腿黄云起，巍峨山岳动。
丛林拔洪柯，厚体驭奇重。
一步一深印，踏实不虚空。
情海如涓滴，相助鼻抚弄。
一命归天国，全族垂泪送。

诗心旅程

水中王鳄鱼

残阳斜照水波平，渴马烧心贮岸饮。
一柱激流翻厄浪，两排瞭齿索命根。
凌波众鳄饕餮宴，远岸群驹悸动心。
莫议狰狞挤鳄泪，生存繁衍即是金。

流浪猫

小区流浪猫，缺爱环境糟。
忧郁又多疑，顾盼美目瞧。
可怜小於菟，疏远怯生貌。
孩童施亲昵，猫才示友好。
离家脱樊笼，天性复桀骜。
眼波如流火，腾跃可更高。
捷跑似闪电，飞檐走壁峭。
独行侠风劲，本领胜家猫。
觅食靠己手，生存有绝招。
不求人施舍，懒惰懈怠少。
野性尽管好，流浪不人道。
爱心小朋友，呵护流浪猫。

超市过度包装

两葱一盒躺，塑盘密闭装。

区区数元币，外包过度装。

蔬果颜值艳，精装满琳琅。

废物难降解，地球谁之殇？

无题三首

昨日秋风冷袭，房后杨柳叶稀。

眼前雨敲心房，不知何日归期？

不靠半分田，农女开网店。

轻曼敲鼠标，哗哗尽数钱。

一张美女脸，琐事直播间。

瞬时成网红，打赏真来钱。

公司玩虚诈，刷礼捧财源。

土豪掷万金，猎色见真颜。

西江月　兰花清容

朗日煦风轻沐，嘉葩俏艳争红。佳丽丛里展清容，不与妖媚共梦。

幽谷鲜芬纤态，楚词犹入情中。叶蕴正气与君同，岑寂疏离秽种。

菩萨蛮　赏菊

清秋淑逸无媚艳，卉黄夕照斜晖浅。白发俊丝飘，鸳鸯偎朵眠。

淡菲沁五彩，遍野踪芳在。欲采冷香归，待期重九回。

好事近　杏花落

春雨罩江南，恰杏雪多飘落。霖瓣共乘流水，剩余寒沁魄。

娇花载梦遍神州，风流四方拓。叹飞逝红颜谢，只图人前过。

翠楼吟　北京大观园庙会

　　喜气弥园，初春丽日，红楼景观再演。
看皇仪浩浩，尽豪阔，省亲宅院。一妃赫显，
引贾府倾巢，礼拂叩见。观众叹，梦中人物，
原地活现。

　　午后，客涌摩肩，过坞亭楼馆，体察经典。
沿怡红旧路，跨桥榭，听潇湘怨。角色沉湎，
又睹绿斑竹，游人泪感。说回见，更思原著，
化为飞念。

一剪梅　羊城木棉花

　　一片红霞百里烧。老树枝高，新树横条。
散成万朵巷街瞧。远处雄娇，近处馨瑶。

　　曾伴风云涌怒潮。农运旗召，工运英豪。
岭南烈士血煎熬。赤了林梢，换了今朝。

　　注：木棉有英雄花之称，为英雄城市广州的市花。

诗心旅程

南歌子　广州塔

漠漠珠江水，纤纤柳细腰。南国鹤立第一高，直入云端横览九千潮。

靓城塔身舞，康民劲曲飘。红黄蓝绿照今宵，饭稻羹鱼殷富乐逍遥。

注：广州塔俗称"小蛮腰"，总高600米，是中国第一、世界第二高塔。其夜间变换红黄蓝绿等色彩。

念奴娇　春来黄鹤楼

江城神兽，瑞禽引、精气衔来灵地。黄鹤龟蛇邀日月，荆楚调风顺雨。鹤隐楼出，千年吐纳，雄峙天云际。春开万象，乾坤流转时序。

扼踞九省通衢，载诗河赋海，风骨荡气。多少文人，宠不羡、竟毕生登楼喜。脚底波涛，已淹无数梦，却催春绿。念思黄鹤，与龟蛇再相聚。

庆春泽　珞珈樱花雪

　　樱雪缤纷，岚霞漫溢，珞珈来亮新山。表里澄明，外华内净芳鲜。不学冬雪依酽冷，只由春风舞银颠。任驱寒，玉骨温涓，领百花园。

　　朝阳莫虑融无影，更增妩媚笑，烂漫连天。晨鸟鸣说，观花昨夜无眠。引学子倚窗高览，赏晴光白霭缠绵。又疑嫌，穹倾一边，星汉人间。

蝶恋花　珞樱情

　　骄子心缘情细处，旦暮春愁，忽遇樱花雾。粉美高颜填恋苦，向花媚语倾肠肚。

　　甜蜜时光忧短速，略抖东风，摇落一千树。欣恋诗心终碎物，一腔雅爱初情路。

武陵春　雨中樱花

珞珈濛濛春雨洗，樱雪浴妃颜。娇嫩无尘立净山，伞下客流穿。

白粉珠玑滴玉泪，轻祭落花残。青幕垂观怜意传，今夜碧空还。

水调歌头　避暑山庄

溯漠连边地，风景胜江南。皇室宫阙临水，帝后喜苍山。批奏心牵猎场，听政魂奔野趣，社稷任禧玩。一纸签国辱，作乐在庄园。

王朝覆，风烟尽，瑰宝还。苑殿怡情百姓，八水唱民欢。庙群经文宏富，古木盈天浩莽，御马为宾颠。廊柱疑游客，个个是康乾？

注："一纸签国辱"，指清帝咸丰在承德避暑山庄批准了《北京条约》等不平等条约。

沁园春　白洋淀

百淀千濠，浩瀚清波，万亩水乡。看芦林横纵，荷莲绽绿，渔舟点点，岸柳拂塘。园岛风情，繁若星灿，尽享湖泽异景光。夕曛照，剪水天霞影，西域红墙。

忆昔雁翎飞军，击日寇，神出敌胆丧。有水生张嘎，勇英豪气，染薰燕赵，美誉弘彰。时代开新，雄安大计，华北明珠增妍芳。惊鹤起，舞欢优雅唱，鱼跃人忙。

天仙子　畅爽十渡风景

长水穿谷流沃荡，十渡跨河追畅爽。平滩秀岭竞相迎，夏风朗，竹舟放，闲寄身心由细浪。

啸吼数声回水上，极蹦舒压心复亮。兴游景阔必登临，攀翠嶂，吸森氧，高洞石花纷绽放。

西江月　初心难撼云居寺

隽秀楷书石板，浩繁佛语禅源。六朝面壁刻千年，唯有初心难撼。

风雨流年湮灭，鸿经恒世光焰。西山夜月亦心虔，溜近地门窥探。

注：北京云居寺珍藏一万四千多块石经板，系珍贵文化遗产。

夜行船　房山石花洞

七彩万姿呈万柱，帷幔后、鬼工神斧。天洞移来，地华集萃，石美尽收一处。

菇笋葡萄流玉乳，花枝繁、九农齐驻。悄泻银瀑，竖琴鸣奏，远古寂歌终吐。

浪淘沙　谛听远古人声

一眼看万年，洞穴人猿。稼穑猎物站直肩。
山野林溪流沃壤，熟肉香牵。

入洞欲聊天，远古声源。祖先历数讨生艰。
拇指粗拙夸现代，吾梦方甜。

注：北京周口店遗址猿人洞经过修缮后于 2018
年 9 月 22 日重新开放。

南乡子　太原晋祠

香客拜心诚，古殿柏森载晋魂。绕柱八
龙威不动，图腾。三教多神共祭尊。

圣母持坤灵，百态由心侍女真。地水包
容滋万类，流根。风骨融商若有声。

浪淘沙　云冈石窟

寂寞矗山间，洞晓坤乾。佛心不变越千年。嚣嚷红尘飘散去，唯我石坚。

五万像绵延，凿匠宏渊。磅礴精秀各相嵌。芸众修禅随愿走，择善即安。

风入松　重庆印象

连山错落举群楼，巍峻摩云头。江分两带夹城岛，悍黄龙、正噬清流。轻轨穿墙洞岭，单骑一望坡愁。

蜀巴灵秀聚渝州，夜色醉中游。满街红烫龙门阵，趣言多、麻辣春秋。笃意衔杯豪劲，爽直不见娴幽。

临江仙　雅鲁藏布江

峭壁凌空车步缓，胆寒千丈岩突。蜿蜒玉带绕深谷。处高而肆险，窗外感江呼。

下看河床礁错落，激湍拍溅鸣鸣。崖雄林秀水清珠。苍鹰旋舞恋，远域雪山出。

满江红　草原淳情

阔野晴原，苍穹护、茵茵绿毯。极目望，缓丘无际，浅河湾远。连片白云天降处，数座格日圆如伞。碎块飘，珠玉散柔绒，羊欢眷。

澄净气，草清艳。情淳厚，游欣感。未醪人已醉，众宾同赞。大块朵颐香肉颤，歌筵持酒声声劝。切莫辞，美酿蕴乡魂，举杯唤。

注：格日，即蒙古包。

鹧鸪天　镜泊湖吊水楼瀑布

　　最北长湖吊水楼，一帘白幕壮而幽。遥藏亘古山崩事，历述千秋瀑水头。

　　狂夏动，静冬休，浪翻冰挂俱风流。涛鸣人语回音处，只录欢声不录愁。

西江月　过宁夏

　　沙海漫流朝旭，驼群浮动夕烟。干丘低处触湿鲜，浩荡绿湖拂面。

　　苦旅六盘连片，富游稻麦平原。天拉郎配种贫艰，再缚苍龙图变。

浪淘沙　国乒夺冠

乒赛战犹酣，巨澜指间。银龙飞串妙手牵。
声浪击心连亿众，惊险魂颠。

英气罩青年，老将弥坚。抽杀推挡似神鞭。
总有绝招荣胜定，霸主谁拦？

注：2017年6月5日，第54届世乒赛单项比赛中，中国乒乓球队夺四项冠军、三项亚军和2.5个第三名，再次以压倒性优势统治世乒赛。

浪淘沙　致门院长

军旅铸高风，睿语晨钟。人生步步似云鹏。
救死扶伤来圣地，屡树奇功。

病患去愁容，医惠扶穷。仁良天使暖隆冬。
魁梧身躯藏大爱，不老青松。

注：军人出身的门德志院长视病人如亲人，率香河县人民医院书写传奇，获"全国十佳百姓放心示范医院"等100多个荣誉称号。云鹏：翱翔的大鹏。

江城子　题折家梁村

高原地冻覆雪霜。折家梁，占荣强。彩果青蔬，棚里暖芳香。睿力挽得弓箭满，穷靶射，百家忙。

偏村奇货拓八方。畅流通，网销狂。豚跑羊欢，游客遍房廊。钵满盆丰乡众乐，当敬酒，唱辉煌。

注：内蒙古鄂尔多斯市东胜区泊江海镇折家梁村是中国美丽乡村。在村支部书记王占荣带领下，全村贫困户全部脱贫。

清平乐　元旦

年终霁月，岁岁同圆缺。唯有云风千变裂，冬树多了枯叶。

京楚共月思忧，脸额又攒皱沟。微信家乡新景，笑我不认层楼。

诗心旅程

好事近　除夕饺子

身色似财帛，精丽物华囊括。直面烫流波滚，含笑纷纷落。

满室瑞气座无虚，任味蕾花落。留久口鼻香艳，万象正丰阔。

清玉案　北人慕南方大雪

朔风昼夜吹寒酷，响天彻，人疾步。数九连天无雪露，池塘冰厚，神州北部，何日铺银粟？

南国半壁白龙舞，漫辗河山尽跋扈。动脉逼停公路堵，雪姑南嫁，美颜一怒，唯令北人妒。

注：丁酉年冬季，北京等北方大地数月无雪，南方数省却大雪纷纷，实乃反常。

满江红　黄帝故里

新郑灵墟，有熊氏，中华初祖。国基始，文德播洒，道天尊肃。疆域九州形胜秀，农耕规制江山固。庙墙虔，列伟业元功，尽昭述。

轩辕拜，春气沭；共唱颂，祈加护。顺承先圣志，后贤无数。血脉炎黄根地厚，千家姓氏参天树。巨龙腾，看万众齐功，开今路。

南歌子　济南趵突泉

满园传流响，三窟吐玉珠。笑涡涟潋自心屋，欢舞迎宾浓抹淡妆出。

魂在泉城眼，灵来鲁地湖。不容涸旱降凋枯，百姓牵萦日夜细听湖。

诗心旅程

离亭燕　孔府

衍圣清辉飞洒，家道良风垂挂。君主隆恩频赏赐，相女攀亲争嫁。声赫寓宏深，世代孔学独大。

帝制西沉山下，儒教跃升东亚。文脉故宅高处耸，赤子访游言话。五柏抱槐生，枝叶连根华夏。

朝中措　国子监儒风

大师垂教冠儒国，辉熠古街说。天子辟雍讲授，贡生宠渥研磨。

学而仕宦，官唯贵侯，千载偏颇。只赞奉尊学问，更兼流水清波。

六州歌头　黄山情思

　　群峰岩岗，万壑矗千林。破地壳，穿层障，气吞云。更坚心。奇岳三绝顶，览华夏，观浩壤，众石应，齐啸聚，顺天成。狮子飞来，仙女金鸡携，苏武老僧。义勇承厚壁，壮阔阵前军。八面风鸣，倚高听。

　　铁流钢骨，亿年去，锋锐志，永宣承。潭泉瀑，溪流血，淌山青。人寰新。沛雨连氛雾，漫思绪，洒柔情。魂魄驻，十松绿，弄涛声。徽韵皖风浸润。每受辱，浴血搏拼。赤实唯守土，韧慧已融身。化作民魂。

　　注：狮子，飞来，仙女，金鸡，苏武，老僧，均系黄山石名。

如梦令　博鳌镇

　　入海三江流翠，迎客五云联袂。水岛互杂陈，林绿沙白波醉。瞻慕，瞻慕，一夜成名年会。

　　注：海南博鳌镇是是博鳌亚洲论坛永久会址。

破阵子　博斯腾湖

　　车驰芒荒无际，疾飞戈壁连绵。忽现苍空翔鸟阵，又睹烟波渺远天。大湖幽绿蓝。

　　雪岭琼浆流注，高原渴地滋甜。摇曳江南芦苇貌，香冽荷莲浪韵间。眷思成细涓。

　　注：新疆大漠上面积巨大的博斯腾淡水湖，与干旱西北地域反差强烈，近之震撼。

阮郎归　天池思古

　　万年雪岭泻神湖，仙国瑶镜图。沐身王母望东都，再期姬满出。

　　惜爱遇，看云符。遥思化水瀑。鳞波皎澈蕴卓殊，群峰清雾拂。

　　注：姬满，周穆王。周穆王与西王母在天山天池即瑶池相会的故事，美丽动人。

画堂春　路边花丛

　　路林漫步绿枝长，画屏犹立身旁。紫红大粉朵清香，俏丽飞光。

　　贵美不嫌寒地，蒸黎亦近奇芳。行人珍宠抚花王，逐艳情肠。

浪淘沙　社区步想

浓绿映墙高，平地田茅。葡萄棚下细花苞。微果娇羞枝缝躲，初夏梨桃。

慵懒树荫召，缓步逍遥。去年此景又重皎。岁月淙淙流不返，珍啬今朝。

满庭芳　连杰先生 60 寿辰

甲子煌煌，辉荣共忆，侯贺齐聚真朋。挥檄九岁，大志潜学童。广电十年乡梓，京城驻，八宇达通。遵诚诺，文商跨界，奋越绩阀丰。

怀琴心剑胆，遍交企业，足布浙东。乐为人传记，浩浩书丛。兼有连杰心语，出警句，圈内传红。杯酒举，层楼更上，共醉在今同。

注：张连杰先生系中华博览杂志社总编辑，中华企业家文艺家俱乐部创始人。

清平乐　共享单车

扫码即骑，出行新风，商家钵盈，众皆欢喜。

通衢路巷，万辆单骑畅。五色奔流音韵淌，绿色出行交响。

奇思妙用捷行，腿旋体健舒心。感动天公馈赠，蓝空霾去多赢。

卜算子　悼洪利

眸亮在方今，声貌犹如故。风火一生见彩虹，叹止英年步。

豪快品行佳，万里千影路。云月噙悲话语诚，已嘱天堂护。

注：媒体界人士蔡洪利先生因病不幸辞世，时年63岁。

第五辑

自由体诗

我相信

我相信　春日是一杯红酒
醇厚而醇美
色灿如霞　雨轻风柔
月光樱花多絮语
碧波情侣正荡舟

我相信　夏日是一杯烈酒
透明而火辣
衔杯欲醉　肝胆挚友
热肠赤心化汗雨
侠义相助解难忧

我相信　秋日是一杯啤酒
清冽而爽凉
金黄色泽　是田野的丰收
父母笑靥品偿果实
脸上堆满更深褶皱

我相信　冬日是一杯混合酒
寒风冰雪　冬藏着各种念头

安乐窝里　烩炒亲情爱情友情
把五味生活咂磨享受

我相信　春夏秋冬
万物征侯
更醇烈的配方
酝酿在爆竹声中
为着来年的美酒

冬　冷

大雪时节
冬冷钳住阳气　在树稍颤鸣
给渔池砌上砖冰
风挣扎欲留住秋景
竟被俘成冬的帮凶
把明丽与金灿扫尽
面对寒风萧瑟的枯林
富翁抚着脸上深纹
感叹时光无情
想用金钱换回青春

一千万购一年　一亿元买十岁

再贵也可考虑

他诚挚的声心　回响于冰天暮云

时光无言以对　继续匆匆的脚步

风用裘皮大衣

把富翁的身子扎紧

附录：微信群友（诗词行家）对《冬冷》的评价。

铃子：这首诗亮眼啊！意境深远又幽美。

芦芝居士：一读文奎先生的《冬冷》便会走进一个冰冷的空间，让心灵感受笔者托物抒怀的准确形象。笔者很会选取"大雪"时节的细节和意象，而又善于控制，将"砖冰""枯林"和富翁相互映衬，并不铺张，使意象简洁且颇具内涵与张力。诗的结尾似乎又给诗作留下诸多意味。

建中：《冬冷》诗风多了些含蓄，添了些想象，加大了跳跃，拓展了想象空间。

秋 韵

暑热和高温　烤熟田野稻梁
向山林大地注入
紫红和金黄
自身又还给太阳
大地明艳色彩　被农人带回
把房舍周遭点装
鸟儿无忧无虑
筑巢时放歌鸣唱

秋风和秋雨　挣脱赤道火浪
驾着故乡的云
淡定柔意返回　带来沁人清凉
它况味成熟
洗出一个天高气爽
有时又霖水缠绵
让人思绪接天
用愁心念着故乡

红叶是香山礼装

满天秋韵

裁下一片深红云光

染透香山的礼装

徜徉在红色中

农人们看到透熟高粱

投资者祈盼飘红的股场

军人瞧见哨位旁军旗

老八路忆起血染山岗

热恋少女双颊

仿佛被两片红叶贴上

陶醉的游人

摘一片片如意吉祥

带回四面八方

诗心旅程

沉雄泰山

穿林绿花红

在泰山捡一石块

掂着比别的山石重

因每一石木荷载

东岳独有的沉雄

攀行这奇山秀峰

站无数巨人肩上　　快捷轻松

孔子登泰顶小天下

被孟轲记颂

司马迁重于泰山之语

引李白杜甫莅临抒怀

文人墨客峰涌接踵

数十位帝王御驾祭祀

图江山永固大同

五岳独尊巨石　　是颗天外来星

与山体共镇华东

中华复兴势头

已成泰山压顶之功

上海外滩畅想

外滩繁丽街流

尽显豪崛都市艳光

柔婉黄浦江水

一路活泼跳荡　孳蔓浸润

让这里灵秀飘扬

南浦洋浦斜拉大桥

是永恒变奏的竖琴

抚弹夜晚江流心音

鸣颂白昼城市的雄强

两岸群楼对话

外滩叙说十里洋场

和当今超越的腾辉

浦东放谈宏富梦

与新锐之身的驰翔

东方明珠金茂大厦

凭高借力撬动

上海跃起傲岸龙头

飞动的长江龙身

向半个中国播洒冽芳

中秋月的脸庞

仰望中秋满月

澄静而慈祥

一付亲民的脸庞

天上人间　有嫦娥闺房

自然充溢人性

笑靥伴着柔和圣光

这脸庞思凡

常被地球子民　视为亲朋返乡

执手相拥　迎进卧室厅堂

共饮李白与月光

对话用过的酒　一醉到梦乡

这脸庞妙曼

撬动如潮诗浪

相思与恋情　喜乐和哀怨

月涌大江月照松间

这杜甫王维式想象

尽情写给他

厚植地球文化的

清丽飘逸梦幻

亲民脸庞诚邀
来做客吧地球街坊
于是有了飞船登月
中国五星红旗　在月球上展扬
停杯问月的李白
在仙界涌出新诗想

同样是伟大星球
太阳光太强　星星光过弱
不能清晰仰望
亲民的十五月亮
被万千诗文颂扬

珞珈深秋音画

绿　是珞珈山底色

琉璃瓦的绿

多类树草绿

守护时光四季

一位无名音画巨匠

展开惊艳神笔

沿珞珈底色坡次

描秋山秋水

深浅的黄红褐绿

错杂着绚烂

铺陈出富丽

这幅举世名画

融美的山水　与名校人文

千姿百趣

这恢弘的色彩交响

奏秋的赞歌　抒学子心绪

回荡江城人耳畔

穿越华夏大地

诗心旅程

美是通用语

美　是世界通用语
珞珈山之美
引各国朋友齐聚
艳艳金秋美
连接你我他
语言不通　文化各异
无论来自哪里
亚非欧美　南北东西
帅哥靓女们
都荡起学子的心漪
七彩洋装歌声欢
黑白肤色舞姿丽
不用中介　无需翻译
美在交流心灵
美已融合友谊
武大人文美
用一份厚重
筑老斋舍之宏宇
开万条树下之蹊
图书馆绿色尖顶

用最佳颜值

上演一场场文化盛宴

和五大洲的贺喜

注：武汉大学第 14 届珞珈金秋国际文化节 2018
年 11 月 11 日开幕，特以此祝贺。

老风景

年龄愈老迈　愈爱老风景

老风景是一轮明月

嫦娥玉兔吴刚

深藏勾魂的秘境

千百年常看常新

老风景是一壶陈酒

无论独酌或共饮

思驰于天地之间

半醉半醒真物情

老风景是与老友交谈

互有灵犀之心

胸中人生景点一一搬出

观览评点话道不尽

老风景是享读经典

品偿从未有的甘淳

超脱于成败利钝

抛却了欲望场烟云

七夕老年颂

七夕青春浪漫

也醇厚着老年

终生只爱一人

数十个七夕节点

刻上每个年轮

给白发皱皮添上时鲜

有人爱得热烈妙曼

很快遁迹于时过境迁

老夫妻爱在淡香素颜

一辈子默默相牵

从渐趋佝偻危脆的腰背

读出了钢骨铁肩

寻过天堂般生活

都不如他（她）在身边

哪怕曾用树叶代饭

走遍千山万水

在仙境有过留恋

自家窝才是最美景点

牛郎织女年聚一天

却用千年恒久的爱河

浇出人间的梁祝宝黛

更有重阳菊花的明艳

岁月磨砺盈盈秋光

执手天涯的双影蹒跚向前

爱你如初

无论巨松　还是小草

杨柳或冬青

藤蔓与夹竹桃

都是我的热恋

时刻欲扑向你绿色怀抱

你博大又具象　神圣而夭娆

高山荒漠　农庄街道

向你膜拜

因为你　风是柔情　水呈清流

生命燃烧　梦有微笑

我对你有过微小付出

你却给我千百倍馈报

如大海呵护鱼儿

雨露施于禾苗

你一直期待我蜜意拥抱

每次倾诉吻别

柳丝牵着我手

群草环绕着脚　无尽留恋

我身心装满绿色养料

刻下婵娟般思念

让我煎熬

我爱你如初　拥趸到老

母亲的瞩望

每次回乡　最铭心的

是母亲的瞩望

他提着行李

远远看见母亲扶着门框

微笑着慈祥张望

亲情包围的假期　似水瞬间流淌

离家时刻　丝丝酸楚袭柔肠

母亲目送他身影消失

他心中定格依依目光

三十余载　喜悦与不舍交错

时有泪点的眼眶

一次次伴随他回乡和离乡

母亲眼珠由乌黑到昏黄

千里之外的儿郎　始终在她眸子里放光

动物组诗（之二）五首

孤独北极熊

奇寒北极风

在无边冬原和海冰滚动

远处一痕孤影若现若隐

身披雪衣被周遭吞融

这地球北端的统驭者

两点黑睛睥睨万物

洞悉一切生灵的惊悚

然而它的忧愁谁能理解

孤傲心灵从无笑容

没有群体的独自行踪

不吃素食只进大餐

寂然贵族之风

温室效应致命逼近

冰山雪盖加速裂崩消融

依赖冰块生存的它

何等脆弱无助

小小浮冰如救命稻草

载起最高统治者的梦

诗心旅程

强者数量锐减已到灭绝边缘

弱者生计无忧却衍子孙无数

此种辩证谁可想通

不怪天公反常无情

某些人群浑噩细思极恐

救赎心灵才能抢救生灵

环保至上可保地球子民的苍穹

歌舞丹顶鹤

声声嘹亮的鸣唱

在长空回响

原生天籁之音

打开清晨门窗

听觉盛宴与人共享

优雅飘逸的舞姿

在艳阳和绿野间跳荡

穿越时空的芭蕾

在澄澈湖镜中

留娇柔妩媚影像

大自然最佳歌舞者

红宝石在头顶闪光

这贵族标配
映照顾长身材香艳长相
圣洁引向碧霄诗情
煊赫带来无尽遐想
完美者追求唯美
为何自身会变得无比珍稀
人类该有深层考量

早春雁阵

北回的雁阵
带着春的气息
舞动在无垠的长空
这自然之舞　挟千里雄风
生命之舞　　唤万物萌动
观舞的韵律
九龙抬头　太阳微笑　大地掬躬
熙攘的人群
叹精灵们风情万种
机场停飞让行大雁
为生命轮回的天道
为自然之子的阅兵

为连接天地的彩虹

狼世界

暮色四合的山谷
点点阴森绿光移动
这天上盗来的星火
助它们喋血林丛

狼群猎杀的号角
是嘶鸣吼叫的北风
悲壮而有节奏
团团雪花　惊落于翠柏苍松

长途奔袭的队伍
一张张银灰色战袍飘动
冰冻的岩石　永恒的流水
用注目礼投来尊崇
岩石般的坚　流水般的韧
弥漫无际旷野
奏起命运交响曲
扼住生命喉咙

无论七匹狼围歼

还是单兵追踪

纵有万险千难

从无退让和逃兵

这是狼世界的成功

企鹅心音

南极冰面上　一群群精灵

踩着海浪节拍

跳一支燕尾服摇摆舞

千万团黑白相间身影

摇落天宇所有冷气

聚起极地各种惊艳壮景

高台跳水　飞速潜泳　匍匐滑冰

柔软身段腾挪

十八般花样翻新

快乐随时涌流

其实是生命的比拼

零下六十度风寒袭来

千只层叠相拥抱团取暖

组成大合唱的铜墙铁屏

这心灵互通的时刻

各声部自发有序运转

内圈外层定时轮替

风钢鞭把它们抽得更密紧

暗夜传送恢宏的南极心音

我听到了悲壮中的热烈

团队愈挫愈勇的浩气

触摸了万众同心

与灵魂深处约会

散步是辽阔的远翔

最佳的心灵放寄

春和景明时

柳枝嫩绿　偷窥我不甘老迈

便注入青春般希冀

秋高气爽时

舒云朗风　让鸟儿托着我

融入红黄天地

在澄静空间散步
呼吸最自由空气
丰饶的富氧离子
洗去人生积淀的霾毒
摘走工作负重的藩篱
闲适的余热散发
每完成一任务
在散步中叠加欢愉
思维因漫步而发散
灵感中偶得佳句
或蹦出文章美题
散步与灵魂深处约会
一日三餐　不可或缺的精神园艺

零点等待

亿万双腿迁徙步幅
踏出世上最浓情怀
迎风沐雪夜归
都为这一刻的等待
新年零点倒计时影像

半月前就暗自绯徊

孩子们笑闹声礼花

在冬日晴空绽开

一年未闻的土猪肉香味

又让游子亲吻母亲灶台

冰封下萌动春姑娘信息

等待　等待

零点前十秒

是炎黄子孙共同的心跳

终于　浑厚钟声撞年门

沸腾着亲情血液

唤沉睡万物醒来

载起农人下一个丰年祈盼

和游子梦中的事业与乡爱

东方地平线上

太阳储满全新光照

正为着无数美愿而等待

樱花归去来兮（二首）

（一）

她从冬雪中走来　晶莹而高邈

早春是团聚的年节

珞珈是乡愁的归巢

她柔婉抚弄青山　悠漾着雾裳的纤妙

东风中曼妙舞姿

跃动素压群芳的玉貌

尊贵华净气韵

熏染出一所著名高校

这引来天上星云猜妒

人间求爱者如潮

不忍众生为她争风失和

又何必徒增美丽烦恼

她只好坛花一现　泪别追响与喧嚣

把短暂丽影留给时光隧道

（二）

她本是仙女驾白云下凡

幻化成万点光涛

温暖而不灼热　清秀中绽出娇笑

生命一瞬似入泥尘

实则返回了天曹

濡染苍穹仙风净气

慎独修身千漉万淘

因目睹人间有欺瞒浊污

她塑成了表里如一的君子

内外俱美的女神

为着下一个三月春早

樱花圣山正在装点　等着她降自神霄

如瞻迎星宗日月

八方朝拜客已启程

欲沐享一年一度的绚烂与崇高

注：3月的武汉大学珞珈山以樱花盛开闻名于世。

《诗心旅程》跋

　　诗，美妙的文体，人类优秀灵魂的寓所。古人的名诗佳词，无不活在当下，万古流芳。品读之常令人震撼，如穿越历史长河，与先贤相会交流；可塑造人生信仰，用明朗之心度己度人；能提升文化涵养，将诗情灌注于本职岗位。尤其是媒体人等文字工作者，保有一颗诗的慧心，有助于业务提质增效。

　　因上述认知，我敬重并热爱诗词。原先在校读中文，自然接触到诗，这是初心或深埋在内心的种子。入职后，新闻是主业，对评论略有偏好，写作重点即在这两方面，无暇顾及诗词。但平时偶尔的浏览、鉴赏，诗词的基因便有所保留，流淌于血液，不致于中断。央视的《中国诗词大会》用现代传媒营造、放大了古典诗词的贴近效应，一改其象牙塔式曲高和寡，诗风画意从历史深处款款而来，荡漾神州，唯美意境俘获全民。普罗大众读诗写诗，又成一股清流。此背景下，我也深受触动，闲暇之际拿起了诗词读本，找回一种久违的感觉。同时，仅捧读心有不甘，便开始写诗填词的旅程，唯如此，似乎才可抒发萌动内心的一种情愫，圆一个久已有之的文学梦，增加人生的雅度、厚度。尽管是退休之人，圆梦的攀登又何惧年龄的高限。

　　创作中，有两点切实感受：一是执着不辍。诗词有特殊规律和较严的格律要求。遵循章法结构，达到一定质量，个中学问很深，入门不易，精通更难。笔者在写作中探究，领悟写景抒情之巧、构造意境之妙、炼字炼句之精，尽力找准大千物象的特点、美点，寻新词，去套话。既入此门，就需孜孜以求，在坚持中有所斩获，莫半途而废。二是诗外积累。我有近40年新闻生涯，在观察事物的新意、特点、深度上有历练；跑遍全国所有省份，采访过多种题材，游祖国山川、城乡异景，观洞天福地、人文遗址，加上编辑部门的综合素养，都开阔了自身眼界。此时彼地，触类旁通，转化为诸多诗情、美感，融进了作品中。这些，是否就是"功夫再诗外"效用呢？我想是的。诗词与新闻，也有相通之处。

诗词写作范围可以很广，只要有心，举目皆素材，不愁无米之炊，关键是用诗心、激情让其发酵、升华。笔者写作中的乐趣，常难以言表，每有小灵感或佳句，便心荡神摇，甚或从睡塌跃起记下。有时为一词句的恰切，特意去数里外细观桃花、柳条的姿态。其情状，如陶醉于上天入地的幻景。这里，有几点重要因缘须提及：

一是诗界朋友、老师的影响和激勉。享誉业界的著名诗人、中国作协会员朱小平先生是旧体诗专家，诗、词、曲及散文创作无不精湛，优质高产（冯骥才等名人对他评价甚高），他赠我两本他创作的诗词集，对我颇有启益。我的数首诗，受到小平的称赞，并在他任编辑部主任的《海内与海外》杂志（中国侨联主办的中央级刊物）发表。诗人刘卫国先生、诗人海潮先生也曾对我的作品予以赞许，或对个别篇章给予指点；海潮、卫国的诗作我很珍视。母校武汉大学老师苏者聪、何国瑞教授夫妇赠送的诗集，我也常读。与这些熟识的诗人交流，有特殊的亲切感。

二是《中国航班》杂志（国内外公开发行）等助推。该杂志为我开辟了"丁沙诗词选登"专栏，10期刊物连续发表我的10组共55首诗词，反响不错。在朋友、总编秋实先生鼓励下，为按期出版，我有时不得不连续写作。央广的《广播生活》报主编和同仁热情有嘉，也为我发表了几组作品。

三是微信交流的功德。在多个微信群里，校友、朋友，笔者单位的老主任、老领导和其他老师等对我的作品予以关注和好评。这都是一种正向激赏。尤其是一位大学同学领衔的微信群，聚集了一批诗词爱好者（有多位诗人和行家里手），常发写诗征文，诗氛颇浓，受此熏染，我完成诸多作品，受到群友的赞扬和精神嘉勉。

屈指一算，将近两年时间，我创作诗词近290首。此书收集283首（其中2首是退休前所作），内容涵盖较广。其中歌颂祖国大好河山（人文遗址、自然风光）的比重较大，这些名胜古迹绝大多数我都去观览过，畅游那一个个如梦似幻之景，令人陶醉，用诗词感怀，是发自内心的真情；其他或记录大事小情、抒发生活感悟，或写人叙谊、咏物言志、描摹生灵等。《诗心旅程》书名是我的心路写照。此书按体例分为5辑，回头检视，七律、绝句、词多数都努力遵循了格律要求，但也有对仗不工、平仄不严之处，主要是不想因词害意。《动物组诗（之一）十二首》因多处照顾诗意而破了格律，放入"古风"辑，另有几篇也属同因。

此书出版，对本人"夕阳诗情"是个总结。这里要特别致谢陈德立先生、周延光先生的创意和辛劳；感谢中国广播影视出版社王丽丹等老师的精心策划；鸣谢所有给予我助推的朋友、同事、同学。朝阳、夕阳无限好。以诗心向着美好、不用扬鞭自奋蹄的一段历史刻录于书籍，了却一桩心愿，我是欣慰的。

丁文奎

2018 年 12 月